句集

風雪

若井新一

角川書店

句集　風雪　目次

装丁　片岡忠彦

句集 風雪

山毛欅

平成二十五年

先立ちの山毛欅のみどりや山笑ふ

堅雪の上を走れる杉丸太

さらし場の平を尽くし雪晒

南魚沼・塩沢　三句

機織りの神住む嶺や雪晒

雪晒し菅笠の影濃かりけり

椴松の羽撃き雪解促せり

去る人の脚の浮きゐる雪解靄

稜線を張りて信濃の冴返る

遠山の紺こそよけれ雪解どき

渓谷や旅を始むる雪解水

こたびこそ別れの雪と思ひけれ

末黒野の端を啄む鴉たち

つくづくし泉下の人の数ほども

夜蛙や棚田崩れむばかりなる

産土を行きつ戻りつわらび狩

うぶすなの土俵を隠す花吹雪

山風の袖を抜けたる更衣

念力の湧きて来るまで滝の前

奥つ城の影より影へ揚羽蝶

草刈りの斜面に貰ふ力かな

荒草の香の飛び散れり草刈機

もの言はぬ時の長しや田草取

峯雲のけふの力を尽くしけり

背の汗野良着の紺を濃くしたり

墓かこむ露草は父母のもの

あかつきの山気をはらむ稲穂かな

稲穂波弥生の世より寄せて来ぬ

稲刈るや眉毛の上の黒き雲

かまどうまいつより声を忘れけむ

沓脱ぎの浮かむばかりや虫時雨

太棹の三味のひびきや秋収

手拍子を額より高く秋収

義兄得度　二句

朝寒の本堂に並む青頭

摺り足の音ひややかに得度式

霊峰を支ふる山の深眠り

悼　本宮哲郎氏

寒月へ本宮哲郎発ちにけり

子へ送る米のぬくみや小晦日

金の音たてて堅炭割れにけり

山の気を芯に入れたる崖氷柱

大寒や指に吸ひつく鉄梯子

北向きの柱に刺さる細雪
休耕の田も一丈の雪の下

地の層に乗る一丈の雪の層

根の国へ田畑あづけて深雪晴

単線の列車を隠す雪の壁

影蒼く峠の雪庇せり出せる

野施行や高くしつらへ雪の膳

極寒の苔は緑を損なはず

親不知

平成二十六年

目薬のつめたさに春立ちにけり

雪解けや紅をほのかに削り節

瀬頭は濁りを知らず雪解風

雪解けや堰越す水のかまびすし

杉山に暫し籠れる雪解風

羚羊に見つめられたり春の山

浦佐の堂押　二句

下帯の雪より白し堂押祭

真裸の湯気もうもうと堂押祭

吹き上げの風に震へる蕗の薹

山独活や金標の岩を噛み

ぜんまいの一群立てり巌の陰
薇を採む霊山を見遣りつつ

黒々と石の焦げたる焼野かな

霾るやいづこへ抜くる土竜みち

あかときの蛙合戦続きたり

行く春や殻に根を張る貝柱

霊峰のすわる代田の水鏡

しろがねの水躍り込む植田かな

老鶯の声入れ替はる船着き場

夏霧の地獄谷より這ひ上がる

天道虫だましのつるむ真昼かな

炎天を目指して揺るる蔓の先

ちちははへ暫し近づく昼寝かな

薙ぎ倒す夏草の香に噎せにけり

万緑や水一枚の毛越寺

みんみんの声の伸びきる光堂

判官のいます高館風涼し

稜線のくつきり九月来たりけり

山風や休耕の田の花芒

揺れながら穂を正したる花芒

鬼胡桃ほかの笊には姫胡桃

落雁の舌に溶けたる秋彼岸

蟋蟀の背に始まる暮色かな

新米の袋に乗りて長子たり

秋刀魚食ふ炎のかたち思ひつつ
鮭打ちの往生棒を振り上ぐる

乾鮭の鼻の曲がりを隠し得ず

枯蓮や水は暮色を引き寄せぬ

年取や炎の色に焼く魚

注連縄の地震に割れし岩を巻く

ふるさとの別の世となる根雪かな

檫を三和土に叩く朝ぼらけ

いづ方も雪の越後となりにけり
凍るまじ凍るまじ水流れゆき

目も口も暫し失ひ雪しまき

十日町雪まつり

竹筒の地酒呷りて雪祭

冬濤の削りたてたる親不知

波の花屋根を越えゆく親不知

浮早苗

平成二十七年

震へつつ星現はるる余寒かな

堅雪の光の微塵かなたまで

手のひらに着くまで舞へり別れ雪

紅梅のひしと寄り添ふ龍太の忌

静けさを尽くして嘆く涅槃絵図

遠山の色となりつつ鳥帰る

点眼やいよよ濃くなる雪解靄

白妙の燕のゆまり虚空より

春の蠅お斎の膳を巡りけり

千枚田ひとつとなりぬ蛙の夜

雪形を見遣りつつ土篩ひけり

城址にことばの要らず山桜

雨脚の細きを統ぶる糸桜

薫風や杁の放つ泥の海

田植機の遠き鉾杉目指したる
いつの世の星と別れし螢かな

万緑になほ加はれず地震の跡

雪渓や天の青さは天のもの

漣のなせるままなり浮早苗

抜き脚を泥の離さず田草取

明け方の青こそよけれ七変化

根の国の入口ひとつ蟬の穴

星といふ星消えにけり稲つるび

岩越の葛の葉の寄る棚田かな

拳もて砂嚢を叩く終戦日

父母と闇をひとつに墓参

持ち寄りの米の山なす施餓鬼寺

盆過ぎの月日たちまち流れゆく

青ばめる一茶の郷の蕎麦の花

月白や坂また坂の一茶の地

行く秋や蛇笏龍太の文机

冬ざれや石それぞれの面構へ

峡の闇ほのぼの白し年忘

飲食の背筋を伸ばす寒の入

空よりも根雪明るし朝ぼらけ
白息の飼葉桶へと掛かりける

神鏡に集まつてゐる寒さかな

足跡のたちまち消ゆる雪卸

雪下し鼻梁を雪の横殴り

雪食ふや喉乾きたる屋根の上

かまくらの中より見遣る人家の灯

厳寒の石の芯へと及びたり

崖氷柱山気のほかは近づけず
真白なる雪の地獄に住まひけり

田草取

平成二十八年

寒明けの山気に顔を晒しけり

赤べこの首の上げ下げ春立つ日

白波の濁りのあらず涅槃の日

田面に隙の生まるる雪解どき

人の影巻き込む雪解川の渦

冴返る川波石に立ち上がり

のど仏雪崩の跡を仰ぎけり

残雪の上に一尺よべの雪

雪形や畦に金肥の袋積み

ふるさと悠久春田に水満てり

陵のみちに沿ひたる筆の花
青雲の志立て土筆かな

眠るまで蛙合戦最中なり

叔父逝去　二句

春寒や卯木の箸の拾ふ骨

花冷や箱に収まる喉仏

天心を求めて伸ぶる捩れ花

うぶすなの山の逆立つ植田かな

一塊の山の座れる植田かな

父の忌やゑぐみの残る夏蕨

山城を駆け下りて来ぬ青嵐

外来の草伸びやすき半夏かな

高畝の土の匂ひや茄子の苗

腰燃えむばかり真昼の田草取

用水に洗ふ眼鏡や田草取

峯雲の峯雲を呑む甲斐の国

夕焼雲飯田龍太の振り向かず

中干しの溝の罅割れ日の盛

農魂の文字の深彫り日の盛

マルクスの豊かな髭や書を曝す
万緑や釜のみどりの底しれぬ

蔓草の先のさまよふ晩夏かな

大西瓜地軸がほども傾きぬ

蔵壁の返す光や終戦日

くろがねの鍋底磨く終戦日

永久の時を断ちたる稲光
断崖の草寄せつけぬ真葛かな

放生の水輪広がり秋彼岸

故郷や大口ひらく鮭の雄

新米の翡翠のいろを留めけり

蟹股の泥鰌掬ひや秋収

新巻のはらり零るる腹の塩

白鳥の餌を奪ひ合ふほかの鳥

根の国をまさぐりてゐる蓮根掘

行きに見て帰りに見入る返り花

息白し遠流の島の浮き沈み

枯れ尽くしなほも枯れむと芒原

新雪の微塵の光放ち合ふ

寒中の闇引く貨物列車かな

風雪の隧道の口消えにけり

遠吠えや狼の血のちりぢりに

西方の殺戮止まず寒夕焼

志城　柏（目崎徳衛先生の俳号）

雪嶺やいよよ高きに志城柏

冬怒濤

平成二十九年

禅寺の欅廊下の余寒かな

旧正や静けく開く碁笥の蓋

峡の田の畦より目覚め雪解どき

名も知らぬ草に始まる雪間かな

屋根替の棟より落す胴間声

かたかごの花にも追はれ心かな

中今のまつ盛りなる桜かな

城塁のしばし退りぬ花吹雪

泥のほか見ざるひと日や代を掻く

寄生木も若葉の頃となりにけり

甘き水流れてをらむ螢の火

みくまりの板の上げ下げ水盗む

白昼や石と闘ふ草刈機

引き返す波のなかりき青田波

暁や指を刺したる茄子の棘

たなごころ十全茄子のしもぶくれ

雲中へ法螺の音届く山開き

目つむりて時のとまるや滝の前

串刺しにさるる山女の目のつぶら

刃零れの鎌の裏研ぐ油照

原野へと戻る畑や草いきれ

万緑の溶け込みてゐるお釜かな

田稗また命ひしめく黒き粒

素洗ひの野良着広ぐる終戦日

目瞑りて声を絞れる踊唄

手囲ひの火種を貰ひ魂送

かんばせは隠すものなり風の盆

堤防の土嚢の草も厄日かな

雑草も二枚の葉あり貝割菜

魚沼から魚野川へ注ぐ

アイヌ語の破間《あぶるま》川や雁渡し

峡中の天地ひとつや虫時雨

奥つ城の闇を深むる鉦叩

秋風の一茶の股間抜けにけり

青首に月光の沁む大根畑

熊笹の隈くつきりと雪もよひ

枯蓮や静まりかへる水の底

蓮根の九個の穴や遠忌くる

読初の江戸を離るる翁かな

みすずかる信濃の和紙や鏡餅

新雪を乳房に当つる雪女

新雪を鱗重ねの杉大樹

雪籠り欲失ひし手足かな

山門の仁王の鎛も寒に入る

山姥の杖の加はり崖氷柱

峡の星凍るまじとて瞬ける

囲はれし男根の神もがり笛

男根の神に響ける冬怒濤

鰤起し遠流の島の近づきぬ

白障子

平成三十年

雪ねぶり八海山のはるけくも

雲割れて北国の春来たりけり

天領の風に乗りくる杉花粉
あらがねの土懐かしや雪解風

紡ぎたる生糸のうねり雪解風

荒鋤の黒土の波冴返る

春田打遠ざかりゆく昭和かな

霞濃き秩父を見遣る兜太かな

淡紅の真鯉の口や涅槃変

螺髪にてうち並びたる土筆かな

かたまりて老いを忘るる花筵

五合庵までのつらつら椿かな

田搔機の泥の大海広げたり

なほ白き山巓揺るる植田かな

弓手にて腰叩きつつ田草取

夕立の遠流の島を攻めゐたり

新刊の帯の乱れや明易し

乱れなく脚を捌ける百足虫かな

炎天や一尺の影曳きまはし

魂の文字の灼くる開拓碑

広島忌熱砂の上を土踏まず

黄金の波へ乗り出す稲刈機

この星の丸さなりけり芋の露

道遊の割戸の間や秋の声

黒ずみし葉屑を芯に霜柱

米櫃の白波均す大晦日

小面の傾き直す大晦日

へぎの上《へ》の荒波うてる晦日蕎麦

足早に退る昭和や輪樏

是非もなし新雪深き朝ぼらけ

新雪に箒の先を浄めけり

雪起し木目密なる床柱

うつし世の穢れを拒む白障子

熊胆をうすく削りて雪籠

熊胆の喉すぎゆく冬籠

穴熊の王将となる掘炬燵

剝製の爪つややかに冬館

山襞の深き折り目や寒の入

虚空より遅れて暮るる雪の嶺

寒雷や金網越しの兎の目

人の息加はり朝の氷点下

バス待ちの半顔を出す雪の壁

月明を芯に蓄へ軒氷柱

節分や雲間の星の賑々し

春疾風

令和元年

瀬頭の賑々しさや春疾風

旧正や徳利の山の青々と

冴返る切り口蒼き板硝子

天地のひとつとなりぬ雪ねぶり

春なれや四方へ広ごる土竜みち

残雪の嶺より高く鍬の先

洞の闇かかへて花の真つ盛り

いくたびも人影を消す花ふぶき

こぼれ蚕の板の間高くうねりけり

笛を吹く薬缶八十八夜かな

霊峰へ行きつ戻りつ田植笠

蛇のよぎりてよりの水鏡

花びらを隠し合ひたる紅薔薇

峡谷や夏鶯の応へ合ひ

うたかたは泥のつぶやき田水沸く

草刈るや牛の長舌思ひつつ

牛の角ぶつかる音や夏旺ん

わたつみに浮く首ひとつ立ち泳ぎ

苗場山頂
雲海の果てや豆粒ほどの富士

青稲のさゆらぎもなき真昼かな

炎熱の滞りたる石切場

色違ふ一升瓶の蝮酒

胡桃の葉つぶしたる汁毒流し

碁を打ち終へて

揚げ浜に埋められてゆく終戦日

次の田も畦の露草踏まぬやう

露草を刈るときに目を瞑りけり

秋茄子の尻十全に肥えにけり

山国の闇のはぐくむ秋茄子

亡き父の在す方より稲穂波

土嚢より二百十日の草の影

天日へすべて捧ぐる曼珠沙華

大口を四角にひらき鮭のぼる

切株の万を真下に渡り鳥

赤まんま瑞穂の国のいつよりか

新米の袋をたたく掌

団栗や縄文人の太き眉

刻々と闇の深まり鉦叩

鎌上げて蟷螂老いを拒みけり

翁忌や佐州よりくる波頭

波音の波を呼びたり年忘

明るさを雪に賜る盆地かな

飛び散れる目立ての火花雪もよひ

うつし世をなかば遠ざけ雪囲

月光を返す丸太や雪囲

乾鮭の眼窩いよいよ深まれり

行く年やゆるやかに揺れ自在鉤

四方の山よりも真白き鏡餅

魚沼や降り続きたる三が日

箱根駅伝退りゆく母校かな

かまくらの前にて降ろす肩車

水鳥の放下の水輪広げをり

寒月の盆地の山河統べにけり

信濃川

令和二年

堅雪や肥山へ通ふ橇の跡

まつ先に地震の跡の雪崩かな

濤の上の佐渡の連山残る雪

残雪や黒々伸ぶる朱鷺の嘴

朝よりざらつく舌や涅槃の日

鋸を手に山麓の凍《しみ》渡《わたり》

凍渡　立春を過ぎ雪面は昼には解け夜は凍結
この堅雪の上を歩くこと

岩山の紺残雪のあはき紺

ぬかるみに薦を敷きたり春祭

塩入れて濃き青空や種選

雪形や互ひちがひに光る鍬

蛇籠より飛ぶしろがねの雪解水

花冷や地下への口のぽつかりと

珈琲の苦み広ごる霾ぐもり

地酒にて角を拭きけり牛相撲

尾を振りて闘牛場へ現はるる

面綱を虚空へ抛り牛角力

角突きの牛の涙は血のまじる

走り根のうねりの著し男梅雨

暁や人家に遠く草刈機

夏燕一ノ倉沢切り下ろす

夏至の日の沈む稜線うねりけり

ごきぶりの三億年の一如かな

一匹の蠅に消したる仏間の灯

万緑や幾曲がりせる塩の道

空海の杖あらまほし大旱

欠伸して顔の崩るる昼寝覚

見馴れたる山並遠し昼寝覚

かなたより楸邨の声夏怒濤

ちちははの近くて遠し盆踊

疫病に立ちはだかれる稲架襖

穭の穂母乳の白さ宿しけり

新米の草の実一つ摘まみ出す

火焰式土器の炎や秋の風

何ひとつ読めぬ梵字や秋の風

消雪の始め地下水赤く噴く

元朝や遠流の島を隠す雲

喧嘩独楽混凝土を削りたて

雪乞ひの雪より白き幣を振る

残月や弓と反りたる軒氷柱

胸反らせ千木に鳴きたる寒鴉

雪しまき逆波いよよ尖りたる

高窓の雪雲動く気配なし

山といふ山のいづこへ雪霏々と

吹雪く夜や片方倒れゐる火箸

文机を離れぬ肘や細雪

針ほどの音も立てざる夜半の雪

突き刺さる雪に黒ずむ信濃川

霊山のふところ深し雪女

雪嶺へ星の光の降り注ぐ
月光の雪の山巓より溢る

一丈の雪をしたがへ開拓碑

杉山の闇を引き寄せ鬼は外

句集　風雪　畢

あとがき

『風雪』は、平成二十五年から令和二年までの八年間の句作、三八八句を収めた第五句集である。

何十万年という自然界の長い寿命。その中で僅か数十年という、短い人間の命が与えられている。新潟の豪雪地帯に生まれ、会社勤めの傍ら農業をやり、ここで一生を終わるというのは、偶然にして不思議だ。様々なことがあったが、俳句という文芸に巡り合い、生きた証を残せるのはとても幸せである。

古希もとうに過ぎ人生の儚さを思うが、農業と俳句に定年はない。今後も元気のうちは鍬の柄を握り、草刈機を背負い、自然界と睦み合ってゆきたい。

三十二歳頃俳句に関心を持ち、同郷の目崎徳衛（志城　柏）先生の「花守」で、俳句の基本と文芸に対する心構えの教えを受けた。終刊まで薫陶に与り感謝している。また、昭和五十六年以降は「狩」に於いて鷹羽狩行先生から、実作の仕方についてご指導を賜った。「狩」では風土を詠んでも、他人への伝達力のある平明な表現を目指す必要性を、学ぶことができた。令和になってから、「狩」の後継誌「香雨」の片山由美子先生のもとで、句作に励んでいる。

これからは晩年に差し掛かるが、今後僅かでも伸びることが出来るかどうかは、ひとえに自分の精進次第、ということになろう。

第五句集『風雪』出版にあたり、角川文化振興財団の方々にお世話になった。心から御礼を申し上げる。

令和三年三月吉日

若井新一

著者略歴

若井新一（わかい・しんいち）

昭和22年　新潟県南魚沼市生まれ
昭和54年　目崎徳衛（志城　柏）主宰「花守」にて作句開始
　　　　　平成10年終刊まで会員
昭和56年　「狩」入会、鷹羽狩行に師事、終刊まで同人
平成9年　第43回角川俳句賞受賞「早苗饗」
平成19年　宗左近俳句大賞受賞　（第三句集『冠雪』）
平成26年　第54回俳人協会賞受賞（第四句集『雪形』）
令和元年　「狩」終刊、片山由美子主宰「香雨」に同人参加
句集　『雪意』『雪田』『冠雪』『雪形』
著書　『クイズで楽しく俳句入門』

現在、「香雨」同人、公益社団法人俳人協会幹事、日本文藝家協会会員
日本現代詩歌文学館振興会評議員
新潟日報ジュニア文芸「俳句」選者
NHK学園俳句講座講師、ユーキャン主任俳句講座講師ほか

句集　**風雪**　ふうせつ

初版発行　2021年5月25日

著　者　若井新一
発行者　宍戸健司
発　行　公益財団法人　角川文化振興財団
〒359-0023　埼玉県所沢市東所沢和田3-31-3
ところざわサクラタウン 角川武蔵野ミュージアム
電話 04-2003-8716
https://www.kadokawa-zaidan.or.jp/
発　売　株式会社　KADOKAWA
〒102-8177　東京都千代田区富士見2-13-3
電話 0570-002-301（ナビダイヤル）
https://www.kadokawa.co.jp/
印刷製本　中央精版印刷株式会社

 ISBN978-4-04-884417-8 C0092